OUTROS BARULHOS

Reynaldo Bessa

OUTROS BARULHOS

Reynaldo Bessa

Tradução para o inglês | Sérgio Ivanchuk

KOTTER
EDITORIAL

Coordenação editorial: Sálvio Nienkötter
Editor executivo: Raul K. Souza
Editora adjunta: Maria Luiza Carvalho
Produção: Cristiane Nienkötter
Projeto gráfico e editoração: Jussara Salazar
Capa: Paula Villa Nova

Dados Internacionais de Catalogação na Publicação (CIP)
Angélica Ilacqua CRB-8/7057

BESSA/Reynaldo
Outros barulhos /Reynaldo Bessa– Curitiba: Kotter Editorial, 2019.
116 p.
ISBN 978-65-80103-54-6
Obra bilíngue

Poesia brasileira. I.Título
CDD: 191752 CDU: B869-1

Kotter Editorial
Rua das Cerejeiras | 194
82.7700-510 | Curitiba | Paraná
+55 (41) 3585-5161
www.kotter.com.br | contato@kotter.com.br
2º edição
2019

Para Marília
que me levou e
não me devolveu

**To Marília
who took me away
and hasn't given myself back**

"se as coisas são inatingíveis... ora!
não é motivo para não querê-las...
que tristes os caminhos, se não fora
a presença distante das estrelas!

Mário Quintana

**"If things are intangible. Well!
It's not a reason to refuse them…
How sad would be the ways
Without the distant presence of stars!"**

Mário Quintana

A Lua viu tudo, qualquer coisa, pergunte a ela.

The moon saw it all in any case, ask her.

se estávamos novamente na casa grande,
no Angico, num quarto onde antes se guardava frutas,
era porque meu pai estava novamente perdido pelo mundo.
dava umas de desaparecer.
abandonos temporários.
lá fora meu avô, minha avó e alguns trabalhadores.
só se ouvia a voz do patriarca emoldurada pela noite incrédula
minha vó entrava vez ou outra só pra confirmar as mentiras do
velho,
mas saía mais rápido do que quando entrou
ele começava a falar do meu pai
minha mãe coberta por um lençol de silêncio muito branco,
recebia aquelas palavras feito facas retalhando o futuro
duas lágrimas despontavam no canto de cada olho e disparavam.
pareciam disputar, qual seria a primeira a chegar aos cabelos
uma folha que cai e lágrimas que rolam:
realidade que não mais se refaz
eu tentava sufocar a voz do meu avô,
rodando constantemente uma peça solta na cabeceira da cama
quando eu pegava de jeito, ela soltava um tremendo assobio
que quase imitava o cachorro, lá fora, uivando pra lua
esta tapava os ouvidos e ria pro vira-lata
ela também não acreditava no meu avô.

**When we were in the large house, at the Angico[1] -
a room that fruits used to be stored – the reason was the same.
my father got lost anywhere
an usual attitude
temporary deserts
my grandpa, my grandma and some workers
were outside.
we only listened to the patriarch's voice framed by an unfaithful night.
but left faster than she entered
he began talking about my father
my mother covered was covered by a very white sheet of silence,
got those words like knives cutting the future
two teardrops appeared in her eyes and flew away
they seemed to fight to be the first to reach her hair
a leaf that falls down and teardrops as well
An impossible reality to remake itself
I tried to suffocate my grandfather's voice,
by turning a faulty part of the headboard
and when I really pressed it, a noisy whistle could be heard
almost like a dog howling to the moon outside
the moon became def and smiled to the mongrel
she also did not believe in my grandfather**

[1] A room where fruits were kept, usually in Brazilian northeastern area.

uma noite
minha mãe
puxava-me pela mão
éramos quatro;
eu, ela, o medo e a pressa
disso lembro-me bem
enquanto os três conversavam
eu pregava os olhos nos olhos tristes das casas e
me dava uma tremenda vontade de perguntar
"mamãe, o que elas têm?"

one night
my mother
grabbed my hand
we were four;
me, her, fear and rush
I can remember that...perfectly
while the three talked
I was staring at the sad houses' eyes and
I really wanted to ask
"Mom, what's their problem?

feito figurinhas coladas
no horizonte,
navios iam e vinham parados,
fugiam dos nossos olhos
da margem, da terra, de longe,
de muito longe eu embarcava neles, pedindo;
navios, navios, me levem a lugar nenhum.

like small pictures sealed
on the horizon,
ships came and left – still
they ran away from our eyes
the border, land, distant places,
I used to be on board far far away, begging;
ships, ships, take me nowhere.

quando caí da rede
vi que eu existia mesmo
minha mãe apareceu no umbral da porta
logo, meu pai, nu, nasceu de uma sombra e a puxou
ele queria terminar de foder com ela, e
parece que comigo também
os dois, silenciosamente, desapareceram na sombra
vi que eu não existia mesmo
quando caí da rede.

when I fell from the hammock
I realized that I really existed
My mom came by the door
Soon, my daddy, naked, was born by a shadow
and took her away
he wanted to finish fucking her, and me – it seemed.
both vanished in the shadows silently
then I saw I did not exist at all
when I fell from the hammock

quando eu tinha oito anos
descobri o tempo.
ele estava numa plaqueta,
numa mercearia
dizia:" fiado só amanhã"
foi aí que percebi que o tempo
não posa para fotos

when I was eight
found out the time
it was on grocery store warning sign:
"buying on credit only tomorrow"
then I realized that the time
does not stop to take photos

um dia
caminhei descalço por entre as poças
deixadas pela chuva.
meus pés balançavam as estrelas,
baldeava o céu
relampejava e eu não tinha medo.
como pode alguém com fome
ter medo de relâmpagos?

one day
barefoot I walked among puddles
left by the rain
my feet shook the stars,
poured the sky
there were lightning bolts and I was not afraid.
how can a hungry person
fear lightning bolts?

a incompetência vestida de branco
com seus olhos embaçados e
seu bigode amarelo cheirando à nicotina
aproxima-se do meu rosto esquálido.
com uma voz rouca, num misto de afago e desdém,
fala – "esquece"
a morte cochilando numa esquina, desperta num pulo,
quando o vento frio vem lhe avisar que a criança é sua e
que já pode levá-la.
me acolhe em seus braços
uma iguaria.
ela começa a aquecer suas asas na intenção de
desaparecer no escuro macio
minha mãe, numa voz trêmula, que mais parece um miado,
pede que espere um pouco, só mais um pouquinho.
a morte finge não ouvir, mas atende ao pedido,
me repassa. São as regras, a linha pode ser tênue, mas
define muito bem aonde uma começa e a outra termina
me toma em seus braços
um filho
me pergunta alguma coisa, mas ela mesma
responde, lembrando da minha impossibilidade de o fazer
sinto lágrimas regando os meus ossos
com os braços cruzados às costas, a morte caminha de lá para cá
minha mãe briga com o mundo
reluta, se debate, se culpa.
o remédio? dedicação disfarçada de um chazinho com açúcar e um
algodão para jogar tudo lá dentro
horas, noites, dias, olheiras, cansaço, moscas, moscas
de repente a luz do dia fere as minhas retinas desacostumadas
da dúbia dor da vida.
engasgo-me, tusso, ouço choros
a morte já bastante habituada aos compartimentos da casa,
parte sem se despedir

o meu leito está repleto de rostos,
sorrisos úmidos
a casa parece sorri
nasço de novo

the incompetence dressed in white
with his cloudy eyes and
his yellow mustache smelling nicotine
he gets closer to my fragile face.
In a hoarse voice, a blend of caress and refusal
says – "never mind"
death taking a nap on the corner wakes up right away,
when the cold wind comes to tell you the child is yours and
it is time to take him
hold me in its arms
a rare dish.
It heats its wings aiming to
disappear into soft darkness
my mother, trembling voice like kitten's sound,
insists that it should stay a little more
death pretends not listening but accepts
delivers me. That's the rule, the line may be subtle, however
perfectly states where one begins and the other ends
takes me in her arms
a son
ask me something, but she herself
answers by reminding me of my impossibility to do it
I feel tears watering my bones
arms crossed on my back, death walks around
my mom fights with the world
resists, questions and blames herself
the medicine? Dedication undercovered with tea and sugar and

cotton box to throw it away inside
hours, nights, days, tired eyes, exhaustion, flies, flies
suddenly the daylight hurts my unskilled retina
about dubious pain of life.
I choke, cough, hear cries
death is experienced in the rooms of our house,
it leaves without saying goodbye
my bed is fulfilled with faces,
wet smiles
the house seems to be smiling
I feel being born again

uma rede branca, nova
o domingo cheio de sol e azul se
balançando nela
pessoas
cores, vozes
o mar lavando as pedras
a terra queimando os pés
o vento trazendo cheiro de peixe frito e
bronzeador barato
fome de amanhãs
a mercearia, o balcão alto
lá dentro, seu Manim cochilando, envelhecendo
o tempo não lhe vendia "fiado"
o papel do pão sob o peso ensebado,
o troco que eu nunca lembrava,
o baleiro sujo, as moscas,
a soma dos números das casas até a minha,
cores, vozes, vozes demais
soldadinhos abandonados no jardim

a new white hammock
a sunny Sunday blue sky
and lying on it
people
colors, voices
the sea washing the rocks
a burning ground on the feet
the wind bringing fried fish smell and
cheap solar protector
hunger for tomorrows
the grocery store, the high counter
in there, Mr Manin sleeping, getting older
the time did not sell him anything "on credit"
the bread paper under a greasy heavy object,
the change that I never memorized,
the dirty candy glass, the flies,
the sum of houses' numbers up to mine,
colors, voices, too many voices
toy soldiers left in the garden

meu irmão costumava
me despertar no meio da noite
para lhe fazer companhia
medos se remexiam dentro dele,
traziam notícias do futuro
ele não conhecia seus rostos, nomes, cores, cheiros, nada
sabia apenas que vinham
peixes que vez ou outra buscavam a superfície
na minha luta desigual contra o sono, acabava sempre pegando
a última sílaba da frase pronunciada pelo meu irmão e
emendava com um "anhã!"
eu não gostava disso, mas o receio de um bofetão
me ajudava a manter tudo bem
hoje escutaria um milhão de noites ao seu lado
ouviria aqueles incansáveis grilos,
os tambores dos terreiros indo e vindo no vento
o ronco do meu pai: som da mistura do cansaço e das ameaças do
dia seguinte.
a tímida respiração da minha mãe, parecendo que não estava
dormindo,
mas, sim lavando pratos
as frases entrecortadas de minha irmã sonâmbula,
o voo preguiçoso do Caravelo.
ouviria de novo os passos leves daquela paz que
caminhava entre nós, horas antes da grande batalha diária de cada
um
o estalar do dia se espreguiçando
tudo dormia
sinfonia noturna
o mistério
gostaria de ouvir tudo isso novamente
mas nada é como antes
nada
nem a lua

my brother used
to wake me up in the middle of the night
to stay with him
fears struggled inside him,
brought news from the future
he did not know their faces, names, colors, smells, anything
just knew fishes would come
to the surface from time to time
during my unfair fight against sleep, I always took
the last syllable spoken by my brother and
completed with a "...morrow!"
I did not like that, but the fear of a punch
used to help me to keep everything well
today I could hear you for thousand nights
listen to those tireless crickets,
the candomble's drums over and over in the wind
my father's snore: the sound mixing exhaustion and next day's threats
my mother's timid breath seemed she wasn't sleeping but washing dishes
the incomplete sentences of my sleepwalker sister,
the lazy flight of Caravelo.
I would hear again the soft steps of a peace that
surrounded us, before the great daily battle by all of us
the clicking day stretching out
all asleep
night symphony
the mystery
I wish I could hear it all again
but nothing is repeated
nothing
even the moon

o beco
o fedor do esgoto
o gato preto fujão
seus inúmeros donos
a vila com suas casas de portas e
janelas tortas e mal pintadas
que mais pareciam desenhos
de crianças de dois anos
o grito das luzes
a festa das cores
o riso das rimas
sorrisos tentando maquiar mazelas
o sol ricocheteando nos paralelepípedos
o cheiro das frutas misturando-se ao odor das axilas dos feirantes
estes não paravam de estalar suas carcomidas facas sobre
os balcões podres
passantes com suas camisas de volta ao mundo e
surradas calças de tergal
gestantes exibindo suas barrigas
meninas flertando viajantes e pensando bailes
a vida pulsando, as coisas brilhando, sonhos dançando...
doendo, rindo
no beco cabia tudo isso e muito mais.
mas tínhamos que correr
a felicidade era breve.
estancava a um passo do entardecer
pontualmente.

the alley
the stink from drain
the runaway black cat
its several owners
the village and houses with
lopsided and badly painted windows
they seemed more 2-year-child
drawings
the lights' scream
the colors' party
the rhymes' smile
smiles trying to make up burdens
the sun sparking on the "street stones"
the smell of fruits blended with sweating street market sellers
these always beat their old knives over rotten counters
people wearing their around the world shirts and
stoned synthetic fiber pants
pregnant women showing their bellies off
girls flirting with travelers and conceiving parties
life happening, things shining, dreams dancing…
hurting, smiling
on the alley, everything and much more fit
but we had to run
happiness took little time
it was stopped by the sunset
on time.

nunca vou sair
de uma fila em que menininhos recebiam carrinhos
com rodinhas que se quebravam facilmente e bilas
com uma listra branca no meio.
e as menininhas recebiam
bonequinhas com suas fraldinhas de plástico
xadrez e cabelinhos loiros que se desprendiam ao primeiro banho
já fui a muitos lugares
posso ir aonde for
estar onde estiver
nunca sairei dessa fila
mesmo em direção oposta à sua
estarei sempre indo ao seu encontro
o natal era
por que não acaba logo com esse jogo?
será que não percebe que já venceu?
Por que essa silhueta às minhas costas teima sempre em me acenar?
e esse mundo preso na garganta que não desce nunca?
antigamente, as alegrias brincavam de pega-pega
dentro das canções de natal
hoje, elas chamaram a melancolia, a tristeza
amanhã, quem mais elas chamarão para brincar dentro
dessas mesmas canções?

I will never leave
a line in which kids got toy cars
with little fragile wheels and bilas
with a white stripe in the middle
and little girls getting
little dolls on plastic diapers
and little blonde hair that got detached at first bath
I've been to many places
can go anywhere
be wherever
I will never leave this line
even going opposite
I'll always be going into you
Christmas has gone
why don't you finish this game?
don't you realize you're the winner?
why does this silhouette on my back insist on waving?
and this world stuck on my throat never set free?
joy and happiness used to play "hide and seek"
inside Christmas songs in the past
today, they invited grief, sadness
tomorrow, who else will they invite to play
inside the same songs?

Espinhas, pêlos, incógnitas, incógnitas e ejaculações.

Pimples, hair, mysteries, mysteries and ejaculations.

hoje não vou esperá-lo
não vou lhe mostrar meu medo
há algo de sádico em seus passos cambaleantes e
seu hálito forte
mamãe ricocheteia dentro de casa
há muito barulho em seus olhos
palavras se chocam no ar, outras rolam pelo chão
eles esperam, eu não.
olho ao redor e não há mais ninguém.
desapareceram feito formigas diante do tamanduá....
e por falar nele...
a cadeira de balanço finge dormir.
tudo finge
nas gretas, a tristeza teima em não sair
sua cor é branca.
soou o último toque,
a peça vai começar.
só que ele não vai contar comigo.
de camarote, quero me dar ao luxo de rir
dessa tragédia barata

today I won't wait for him
not show my fear
there's a little sadism in his indefinite steps and
his unpleasant breath
mom walks around and around the house
there's much noise in her eyes
words crash themselves in the air, others roll on the floor
they wait, I don't.
look around and there's no one else.
they vanished like ants facing an anteater
and by the way…
the rocking chair pretends sleeping
everything does
sadness insists on staying in the holes
it is white
the last call has rung,
the play is starting
however he can't count on me
from the balcony I offer myself the pleasure
of laughing at this cheap tragedy.

Algumas pessoas
tentavam disfarçar seus olhares risonhos,
outras se debruçavam nos muros
aconchegavam-se mais e mais em suas
cadeiras sarcásticas
assistiam
essas eram cruelmente sinceras, ou não
estavam nem aí? eu nunca soube.
o alvo era um homem descaradamente triste,
que com grande dificuldade,
tentava chegar até sua casa
entre ela e ele, nem cinco metros,
mas era como se nesse pequeno intervalo, se
desenrolasse toda a sua existência.
uma corda bamba transparente
do outro lado, sua família o aguardava e
segurando-o com os olhos,
tentava, com grande desespero,
impedi-lo de cair

Some people
tried to disguise their laughing eyes
others leant over the walls
got more and more comfortable
on their sarcastic chairs
watched
if they were sincerely cruel or not
or they did not mind? I never knew it.
the target was a terribly sad man,
who tried to get home
by facing much difficulty
between him and his house – just five meters,
but it seemed that this time
revealed all his existence.
a transparent tightrope
his family holding him with their eyes
trying to support him
desperately

hoje não quero
estar onde estou
não quero ter o que é meu
hoje quero ser
o que não sou
qualquer coisa,
menos eu
só hoje

today I don't want
to be where I am
don't want to have what is mine
today I want to be
what I am not
anything
but me
just today

o silêncio
do meu irmão
doía mais
que as pancadas
do meu pai

the silence
of my brother
used to hurt me more
than my father hitting me

O nó dos dias é sempre mais apertado que o nó da gravata.

the knot of days is always tighter than tie's.

Hoje, nenhuma palavra
a ser dita
nenhum grito,
nenhum silêncio
saudade nenhuma
nada
apenas um dia
que despencou do
calendário

today no word
to be said
no scream
no silence
no missing things
nothing
only a day
that has fallen down
from the calendar

pó
lida
solidão
sólida
só
leio
tão
fina
lágrima
sórdida
não
creio

dust
labor
solitude
solid
lonely
reading
so
subtle
teardrop
sordid
don't
believe

eu sou o que lembro
ou o que esqueci?

am I what I remember
or what I forgot?

quem buzina à toa na rua
grita com seus filhos,
seus empregados,
peida na frente dos outros.
quem buzina à toa na rua,
não passa de uma
buzina

someone who blows the horn
on the streets without reason
who yells at their employees,
fart in others' presence.
who blows the horn without reason
is just a farting horn

seu nome
não soa mais como
sinos numa tarde distante.
agora, é como o martelar monótono
de alguém que trabalha
só para pagar dívidas

your name
doesn't sound like
bells in a distant evening anymore
now, it is like the boring hammer
of somebody who only
works to pay the debts

lá vem um moleque em seus tênis voadores
parecem maiores do que ele
parecem novos
ele fala com todos
acena pra um, pra outro e
depois olha pra baixo conferindo seus brinquedos
sorri como se acabasse de descobrir o mundo.
parece aconchegante, ali, dentro daqueles sapatos engraçados
sua vida agora vale a pena
lá vem um moleque descalço
aponta uma arma para o moleque que acabou de descobrir o
mundo
este rapidamente se agacha e segura as pontas dos tênis
parece um nadador prestes a pular na piscina
seu rosto se contorce
grita alguma coisa pro moleque da arma
continua segurando as pontas dos tênis
esquece de si mesmo
leva um tiro no olho
cai agarrado aos tênis
o outro moleque, com pressa, desamarra os cadarços
parece um corvo arrancando os olhos de um cadáver
ata-os e joga-os sobre as costas reluzentes
desaparece como apareceu, do nada
some na grande avenida
o moleque sangra na calçada
vai morrendo
chora, se contorce, grita;
meus tênis, meus tênis
sua vida agora não parece mais valer a pena
há frio em seus pés

there goes a kid in his flying tennis shoes
look like bigger than him
look new
he talks to everyone
waves to one and another and
then look down checking his toys
he smiles as if he had just discovered the world.
there looks cozy inside those funny shoes
now his life is worth of living
there goes a barefoot kid
pointing a gun to the kid who discovered the world
he bends on his knees and hold the tennis' tips
looks like a swimmer about to jump into the pool
his face twists
screams something to the gun kid
keeps holding the tips
forgetting about himself
got shot in the eye
falls down holding the tennis shoes
he seems to be a crow pulling the eyes of a dead man
ties them, arrange them in his shining back
vanishes as appeared – from nowhere
disappears through the large avenue
as the kid bleeds on the sidewalk
losing his life
cries, twists, screams,
my shoes, my shoes
his life seems not valuable anymore
there's cold upon his feet

se eu penso em suicídio?
claro! só que o penso a prazo,
não posso pagá-lo à vista

if I think about suicide?
of course! But I think of it in a long-term
I can't afford it in cash

acordo de manhã e
as minhas dívidas
são a minha lida
ávidas e lívidas
elas me levam,
cheio de dúvidas
ó vida!

I wake up in the morning and
my debts
are my burden
hungry and pale
they take me away
what a life!

entender deus
é tatear no claro
sentir é achá-lo
no escuro

understanding god
is touching him in the clearness
feeling is finding him
in the darkness

de repente me bate
uma tremenda alegria
vem num vento leve e
me desalinha os cabelos,
mas se vai nesse mesmo vento
tão rapidamente
que nem bem dá tempo
de lhe perguntar o nome

**all of a sudden a huge
joy shows up
along with a soft wind
and messing my hair up
however it leaves with this wind
so quickly
I don't even get time
To ask its name**

quanta saudade
saudade de tudo
como se eu fosse muitos
minha mãe, várias
meu pai, todos.
meus irmãos, milhares
meus amigos, centenas
lembro de casas, cheiros,
dias, tardes, noites, sons,
cachorros latindo,
meninos chorando,
gente sorrindo,
gatos roubando,
ausências, paisagens, gritos
varais
lembro, lembro, lembro
saudade de tudo
até do dia em que cortei o dedo

so much nostalgia
missing everything
as if I were many
my mom several
my daddy all
my brother thousands
my friends hundreds
I remember houses, smells,
days, evenings, nights, sounds,
dogs barking.
boys crying,
people smiling,
cats stealing,
absences, landscapes, screams
cloth-lines
remember, remember, remember
miss everything
even the day I cut my finger

tive um sonho ruim
quando despertei e vi a cauda
do meu grito saindo por uma das frestas da janela,
a dor tornou-se ainda maior,
você não se encontrava ao meu lado,
para me dizer:
"foi apenas um sonho ruim"
em passos leves
voltei a dormir
cuidando para não despertar
outros pesadelos

I had a bad dream
when I woke up and saw the tail
of my scream escaping through the window,
pain became stronger
you were not by my side,
to say:
'It was just a bad dream'
and on soft steps
back to sleep
trying not wake
other nightmares up

se eu pudesse me sentir
nada sentiria
tenho o corpo rijo
se pudesse me ver
nada veria
tenho o espírito turvo
se enfim, pudesse me ouvir
nada também ouviria
minha mente faz barulho demais

If I could feel me
I would feel nothing
I've got my body tough
if I could see myself
nothing would be seen
I've got a troubled soul
and finally, If I could hear me
no sound would be heard
my mind is too much noisy

estou sempre aonde não vou e
nunca estou onde estou
o passado é uma grande mala sem alça
que teimo em carregá-la e
o futuro é alguém que sempre parte
quando acabo de chegar

I'm always where I won't go and
I'm never where I am
the past is such a bag without handle
which I insist on carrying and
the future is somebody who always leaves
when I have just arrived

uma notícia vermelha,
friamente me cumprimenta,
depois de viajar mais de 3000 quilômetros
deita-se, estica as pernas na cama,
respira fundo, levanta-se num pulo e
começa a desfazer as malas
quer ficar
uma notícia estupidamente vermelha,
crava seus dentes de cão raivoso
na minha pele branca e flácida
ela é ruim,
cheia de gente,
traz susto de pai e
medo de filhos
é dura feito pedra e
voando veloz estilhaça a
janela dos meus sonhos
com a última prestação ainda por pagar

A piece of red news,
greets me coldly,
after traveling more than 3,000 kilometers
lays down, stretches is legs on bed,
breath deeply, gets up fast and
starts to unpack
wants to stay
a piercing red piece of news
presses its mad dog teeth
in my flabby white skin
it's bad
full of people
brings father scare and
children's fear
it's hard as a stone
flying fast tearing the
window of my dreams apart
and there's the last installment
to be paid

quando estou prestes a espirrar e
não consigo
olho para a luz, para o sol,
funciona
quando estou prestes a vomitar e
também não consigo
folheio revistas em que pessoas escancaram
as portas de suas mansões e
sorrindo amarelo para as câmeras
mostram suas mentiras importadas e
seus dentes recentemente implantados
funciona

when I'm about to sneeze and
I can't
I look at the sky, at the sun,
it works
when I'm about to throw up and
again I can't
I skim magazines in which people open up
the doors of their mansions and show a
yellow-smiling face to the cameras
their imported lies and
their brand new inserted teeth
it works

desfez de todos os
meus poetas,
meus escritores
igualou-os a pedreiros,
padeiros, jornaleiros, carteiros.
entregadores, executivos
balconistas, vendedores
caminhoneiros, milionários
violentou-os
tornou o tempo, o suor e o
sangue derramados em suas
tentativas de se construir uma frase perfeita,
num ato tão banal, quanto
esfregar um pé no outro antes de deitar-se
humilhou-os
abusou de suas ausências
leve era a minha agonia
quando farfalhava as horas
doce, doída, misteriosa
essa coisa, entre um beijo e um grito,
me foi roubada.
saqueada.
e agora?
só me restou o
barulho incessante dos carros, o
sorriso amarelo das pessoas e a
certeza que amanhã o Sol
virá e daí?

you ignored and criticized
all my poets
my writers
as they were bricklayers
bakers, newspaper sellers, mailmen.
deliverers, salespeople
truck drivers, millionaires
you raped them
made the time, sweat and
poured blood their attempts to achieve
a perfect sentence
into a banal act, like brush feet – one another
before laying down
humiliated them
abused their absences
my agony was soft
when hours trembled
sweet, painful, mysterious
this thing which was stolen
from me between a kiss and a scream
plundered.
and now?
I only have
the endless noise of cars,
the yellow smile of people and the
certainty that tomorrow will
bring the sun
and so what?

a rejeição dói, mas
há algo de liso, de falso, de suspeito,
na total aceitação.
uma leve, porém, inquietante tensão,
feito a frágil sacola do supermercado que a gente nunca
sabe se vai romper ou se vai aguentar
as compras até chegar em casa

rejection hurts, but
there's something smooth, fake, suspect
in total acceptance.
a soft but mysterious tension
like handling a fragile supermarket bag
without knowing its resistance
until getting home with groceries

iniciar com mel
por que
se ela amarga?
melancolia deveria se chamar
felancolia
começar com fel
por que
se ela adoça?
felicidade deveria se chamar
melicidade

starting with honey
why?
because it gets bitter?
melancholy should be named
bittercholy
beginning by bitter
why?
because if it gets sweeter?
Happiness will be named
Honeypiness.

deixa disso
siga o risco
o que é a vida
senão olho e cisco?
seja arisco
sangra o resto
o que é a morte
senão sábio disco?
nunca teremos o pouco aquém do menos
nunca seremos o muito além do mais
a cota será certa
a senda será meta
sempre serena será
a reta eterna da
raça toda

never mind
take the risk
what is life anyway
if you don't look and search?
be smart
bleed the rest
what is death anyway
but a wise record?
we'll never have a few beyond the less
we'll never be a lot across the more
right will be the share
goal will be the way
always tender will be
the everlasting line of
all race.

hoje sonetos
amanhã só netos

today sonnets
tomorrow grandchildren on nets

rio de fevereiro,
quando alguém me diz:
só em março, depois do carnaval
rio de março,
o ano só começa em abril
rio de abril,
o primeiro dia é quando somos sinceros
rio de maio,
desse, rio demais
é o mês do meu aniversário e
não há nada pra comemorar
rio de junho,
o carnaval ainda não acabou
rio de julho,
não há motivos, por isso rio
rio de agosto,
mais pra lá do que pra cá, mas ainda riso
rio de setembro
o dia sete é uma boa piada
rio de outubro
sou uma criança, mas eles não acreditam
rio de novembro
o ano seguinte já mostra o seu riso amarelo
rio de dezembro
o vizinho me sorri, só porque é natal
em janeiro não rio
meu riso tira férias
vai ao Rio de Janeiro
curtir um choro

February smile
when someone tells me:
only in March, after Carnival
March smile
the year starts only in April
April smile,
the first day is when we are sincere
May river,
about this, I laugh a lot
it's my birthday month and
nothing to celebrate
June smile,
carnival has not finished yet
July smile,
no reasons, therefore I laugh
August smile,
up and down, but I still laugh
September smile,
the seventh day is a great joke
October smile,
I'm a child, but they don't believe
November smile,
the year to come shows its yellow smile
December smile,
my neighbor smiles at me just because Xmas
in January I don't laugh
my smile is on vacation
it is going to Rio de Janeiro
to enjoy crying

tarde quente
sonhos esfarrapados no varal
úmidas lembranças

hot afternoon
torn dreams on the cloth line, hanging
wet memories

que vida é essa
tão certa
se não sigo retas
círculos risco
que tola é essa
cão vida
se não rumo metas,
ciclos rimo
noites após noites
sapatos juntinhos
embaixo da cama
sonhos mortos
tortas tramas
estrelas no teto do quarto
medos tantos
tontos mantras
penso, logo me perco
sonos tento
tantos tentam-me
às vezes me arranham
assanham-me há meses
essas noites estranhas

what kind of life is this
so certain
if I don't follow lines and
I mark circles
what foolish dog's life is this
I don't set goals
cycles that I rhyme
night after night
joined shoes
under the bed
dead dream
twisted plots
stars on the roof
so many fears
silly mantras
I think, soon I lose myself
sleeping nights I try
so many tease me
sometimes scratch me
turn me on so long
these weird nights

a cada manhã
já não sou mais o de ontem
um dos meus tantos se foi tragado
pelas malhas dos sonhos
cumpriu sua missão, ou pelo menos acha
todo o dia é a mesma coisa,
estou sempre a faltar um pedaço
barulhos não há, só movimentos,
assim, como passam as nuvens
dia após dia, o famigerado tempo me morde
vai me desfazendo cá, para
me reconstruir em algum outro lugar.
lugar este que habitarei um dia (será?)
quando, aqui, o tempo já tiver
saciado a sua fome
quando, enfim, eu não mais possuir a
sensação de estar indo, e sim voltando
feito flecha se desprendendo do alvo e
voltando ao arco

every morning
I'm not the one I was yesterday
one of so many others was dragged
by the pathways of dreams
mission accomplished, or at least think
every day is the same thing
I am always with a missing piece
no noises, just movements,
like changing clouds
day after day, the cruel time bites me
tearing me apart, to
rebuild me in some other place.
place I will live someday (will I?)
when, here, time has already
eaten enough
when finally, I won't have the
sensation of leaving but returning
like an arrow detaching from the target
and going back to the bow.

o poeta escreve torto
por linhas certas

a poet miswrites
on right lines

levem minhas pernas
mas deixem minha alegria
não escalarei o Everest
mas ainda terei o prazer de contemplá-lo
levem minhas mãos
mas deixem minha alegria
não tocarei um instrumento
mas me deliciarei quando alguém o tocar
levem minha língua
mas deixem minha alegria
não ouvirão a minha voz
mas pelo meu olhar, saberão ainda o que penso
levem os meus olhos
mas deixem minha alegria
não verei a luz do sol
mas dentro de mim ela continuará brilhando
levem meus ouvidos
mas deixem minha alegria
não escutarei músicas
mas conversarei com o silêncio
levem o que bem entender
dinheiro, cartão de crédito, a assinatura do jornal,
o retrato do meu primeiro aniversário,
o poema que sei de cor, meus segredos, discos,
filmes preferidos, empregos, a vontade de ir ao Egito
livros raros, o beijo roubado, as manhãs de domingo,
podem até matar-me, mas por favor,
deixem minha alegria

take my legs away
but leave my joy
I won't climb the Everest
but I will be pleased to admire it
take my hands away
but leave my joy
I won't play any instrument
but I'll be glad when someone plays
take my tongue away
but leave my joy
they won't hear my voice
but my eyes will tell what I think
take my eyes away
but leave my joy
I won't see the sunlight
but it will keep on shining inside me
take my ears away
but leave my joy
I won't listen to songs
but I'll chat with the silence
take whatever you want
money, credit card, newspaper subscription,
the photo of my first birthday,
the poem I know by heart, my secrets, records,
favorite films, jobs, the will to go to Egypt
rare books, the stolen kiss, Sunday mornings,
you may even kill me, but please,
leave my joy

entre a caneta e o
guardanapo; um dilema
eu não sabia se tentava ou se
ia ao cinema
não fiz uma coisa nem outra
assoei o nariz com o quase-poema
ah! chega!
com ele ou sem ele
nada muda
é tudo cena

between the pen and the
napkin; a dilemma
hesitated between trying or
going to the movie
I did none of them
blew my nose with the almost-poem
that's enough!
With or without it
nothing changes
is all drama

o mar
o azul
o domingo
bati na porta de Deus
Ele estava dormindo
o bar
o sol
o alarido
fui convidar Deus para um trago
Ele havia saído
então!
bebi
o mar
o azul
o domingo
o bar
o sol
o alarido
só não bebi Deus
porque Ele havia morrido

the sea
the blue
Sunday
knocked on heaven's door
God was sleeping
the bar
the sun
the noise
invited God to have a drink
He had gone out
then!
drank
the sea
the blue
Sunday
the bar
the sun
the noise
did not drink God
because He had died

muitas vezes
me atirei do décimo quinto andar
senti o cheiro de sangue no asfalto ainda morno
os meus ossos quebrados
percebi gente chegando
uns assustados
outros sorrindo
notei meu corpo doendo
ouvi a ambulância zunindo
me virei e vi a minha janela lá no alto
pensei "xi! deixei a luz acesa!
e lá estava eu em seu parapeito
vivo outra vez
doendo ainda mais

so many times
I jumped from the 15th floor
smelled the blood on the warm street
my broken bones
realized people were approaching
some scared
others laughing
noticed my body in pain
heard the ambulance buzzing
looked up and saw my window
thought "ooppss I left the lights on!"
and up there it was me again by the window
alive again
in a higher pain

quantas mães eu tive?
quantos pais?
quantos filhos?
quantas vezes fui pai?
fui mãe?
quantas vezes fui filho?
quantas idades eu tive
em quantos países,
bairros, cidades, ruas
nasci?
quantos nomes me deram?
em quantas famílias, casas, vilas, castelos
morei?
quantas vidas vivi?
quantas mortes morri?
até quando ainda me farei
estas perguntas?

how many mothers did I have?
how many fathers?
how many children?
was I mother?
how many "years old" was I
how many countries,
districts, cities, streets
did I live in?
how many names did they give me?
how many families, houses, villages, castles
did I enjoy?
how many lives did I face?
how many deaths did I die?
how long will I keep on asking
these questions?

a lua na poça
a moça passa e
a destroça

the moon on the puddles
the girl passes by and
scrambles

os vestidos escondem
mais segredos do que o mar

dresses hide
more secrets than the sea

meu coração é um filho rebelde
ouve música às alturas, usa piercing,
fala estranho e está cagando pra mim.
sem me comunicar vai para os braços
de uma mulher que
adora me ver triste.
eu digo: o que é isso filho?
ele me responde:
foda-se véio.

my heart is a rebel son
listens to loud music, wears piercing
talks weird and gives me a shit
without communicating it goes to the arms
of a woman who
enjoys seeing my sadness
I ask: What's going on, son?
he answers me:
fuck you old man

Escrevo
porque sou viciado
no movimento
das incertezas

I write
because I'm addicted
to the movement
on uncertainties

o bar
escrevo um poema enquanto uma menina
lambe, com os olhos, o braço atlético
do cara na mesa ao lado
ele nunca vai saber.
mais fácil seria conhecer o dia da sua morte
um carinha pede um refrigerante como se
acabasse de chegar do deserto
glândulas, glândulas,
células, células,
observo, observo
não sou melhor,
como eles,
também busco
uma saída

the bar
I write a poem while a girl
is eye-licking the shaped arm
of a man next table
he will never know.
it would be easier to foresee the day of his death
a guy orders a soft drink as if
he has just arrived from the desert
glands, glands,
cells, cells,
I watch, watch
I'm not better,
like them,
I also search
a way out

sua falta é um
monstro assustador
vulnerável somente a você
só em ouvir o som dos seus passos no corredor,
ele se recolhe, perde a força e
o meu peito se enche de universos
renasço, me infinito,
flutuo, me desgrito
basta o tilintar das chaves na porta para que
meu coração se abra feito uma flor risonha e leve
quando você entra
seu sorriso; pássaro místico e
cheio de boas-novas, pousa sobre o meu ombro,
sopra um canto leve trazido das montanhas e
todos os recantos do que sou, são iluminados por
bilhões de estrelas nascendo ao mesmo tempo.
sorrio, como sorri uma única vez dentro da minha infância.
sua voz é como um farol guiando navios que se perdem pelo
denso nevoeiro e pelos ventos traiçoeiros do dia a dia
sou um navio que não quer soltar a mão do farol,
não porque teme o escuro, o vazio, a imensidão, o desconhecido,
mas porque está impregnado de tudo que ele é
por que buscar o que já encontrei?
quero ficar preso à margem e deixar que as ondas
brinquem ao meu redor como o eco do coro de crianças
correndo no recreio
quero ser velado por tua luz.
ficar preso em teus olhos, e
dentro deles ver-me arranhado pelo tempo
que seja, que seja
mas ao teu lado, ao teu lado...
sempre:
farol e navio

your absence is a
scary monster
that only fears you
just by hearing the sound of your steps on the hall
it shrinks, loses its power and
my chest is filled up with universes
I feel reborn, become endless,
float, unscream me
the sound of the keys opening the door is enough
to make my heart blossom like smiley soft flower
when you come in
your smile; mystical bird and
messenger of good news, lands on my shoulder,
blows a tender song, brought from the mountains and
all my inner shelters are lighted up by
billions of stars appearing simultaneously
I smile, as I smiled once during my childhood.
your voice is a lighthouse guiding ships that
get lost in a mist by the treacherous winds of the day-to-day
I'm a ship attached to a lighthouse
and it's not fear of darkness, emptiness, vastness, the unknown
but everything that there's in me
why am I searching what I've already found?
I want to reamin on the borders and let
the waves surroun
ding me like children's echoes
running during a break
I want to be kept watched by your light.
tied in your eyes, and
inside them see myself scratched by the time
whatever whatever
but by your side, by your side...
always:
lighthouse and ship

anúncios luminosos
caminhões espirrando
homens cheirando a suor, gasolina e
cozido de carne
saudade de casa
vontade de não voltar
estou realmente aqui?
encontros!
homens trocando abraços
apertando as mãos
partidas.
noites dentro de noites
espirais
vertigens
rostos, burburinhos
homens consumidos pelos dias
não lembro muito deles, mas
lembro muito bem de um:
costeletas aparadas e
cheirando a creme de barbear
caminhava com o andar que agora é meu
trazia os olhos longe, um sorriso torto e
estradas entre os dentes...

neon ads
trucks throwing away
men sweating, gas and
cooked meat
homesick
desire of not returning
am I really here?
encounters!
men hugging each other
shaking hands
departures.
nights inside nights
spirals
vertigo
faces, whispers
men devoured by the days
can't remember them, but
I do remember one:
well-cut beard and
shaving cream smell
he used to walk like I do now
he used to carry distant eyes, a twisted smile
roads between his teeth…

de repente, do nada,
surge uma mulher vestida
como quem vai ao baile
ela é pequena, feia, triste
desengonçada, rígida
anda como quem é empurrada
carrega uma pequena bolsa e
dentro parece carregar todo o significado
da sua existência

all of a sudden, from nowhere,
A woman dressed up
party clothes
she's ugly, sad,
clumsy, strict
walks like being pushed
carries a small bag and
inside it she seems to carry
all the meaning of her existence

cuspir no prato que comeu
é seu prato predileto

spitting on the dish you had
is your favorite one.

meu pai nasceu morto e
esse ano faço mais um aniversário
nada de novo
mais um ano menos um dente
sou o mesmo menino dentro de um corpo mais velho
meu pai me levou quase tudo:
minha infância, minha adolescência e
agora, aos poucos, sem esforço algum,
vai levando o meu corpo

my father was born dead
and this year I celebrate another anniversary
nothing new
one more year, one less tooth
I am the same kid in an older body
my father took away almost everything from me:
my childhood, my adolescence and
now, slowly, without any effort,
he's taking away my body.

o nome das coisas
não são as coisas
as coisas
não são os homens
os homens
não são seus nomes
os nomes
não são os nomes

the name of the things
aren't the things
the things
aren't men
the names
aren't the names

às vezes
escrevo poemas,
nos bares
os garçons já me conhecem,
me deixam em paz
acho que no fundo
sabem que silenciosamente
construo bombas para um dia
explodir os
seus silêncios

sometimes
I write poems
at bars
the waiters already know me
leave me alone
but I think that in fact
they silently know
that I assemble bombs
in order to explode
their silences

quando ela se foi
deixou um rastro de silêncio.
não me sentia só, ainda...
pois a solidão era sufocada
pelo seu cheiro enchendo a casa:
o perfume...
o batom aberto
o vestido de ontem jogado num canto
o banheiro ainda morno
a calcinha dando voltas em si mesma
por que não a segurei?
porque seria o mesmo que tentar segurar
o seu cheiro, que, devagar
também se vai.
aos poucos, realmente, vou ficando só

when she's gone
left a trace of silence
I did not feel alone, still…
cause my solitude was suffocated
by her smell filling the house:
the perfume…
the open lipstick
the yesterday's dress left in a corner
the bathroom still warm
the panties turning around themselves
why haven't I held her?
because it would be like trying to hold
her smell which slowly
is going away.
I'm really getting alone, slowly

o adeus que não se quer dizer,
há muito se encontra em todos
os compartimentos da casa.
na poeira dos móveis,
num fio desencapado,
numa frase pronunciada baixinho,
numa afirmativa incerta.
o adeus que não se quer ver,
há muito que nos espreita
ele está numa goteira pingando,
numa parede desbotada,
numa conta por pagar,
na vontade de ficar em casa,
na vontade de sair pra rua
numa geladeira vazia,
numa planta morta,
nos quadros tortos.
o adeus que adiamos
cresce como crescem os cabelos,
sem ruídos
mesmo depois de morto

the unsaid goodbye
does not exist in all
rooms of the house.
in the furniture's dust,
in a coverless wire,
in a whispered sentence,
in a uncertain statement.
the unseen goodbye
has been watching us so long
it's in the dropping water,
within a discolored wall,
in a bill to be paid
a desire to stay home,
a desire to go out,
in an empty refrigerator,
a dead plant,
over twisted pictures.
the postponed goodbye
grows like hair does
noiseless
even after death

ó amar malvado,
quanto do teu mal
são lástimas afinal
nada Pessoal

oh! evil love
how much from your evilness
are grief and sadness
nothing Personal

marchinhas
fevereiro sambando
sem ela

old carnival songs
February dancing samba
without her

os macacos
desceram das árvores
aí nasceu o trabalho,
a infidelidade, o divórcio e
o apartamento de um dormitório

the monkeys
went down the trees
then, labor was born
unfaithfulness, divorce and
a one-bedroom apartment

ela me chamou de pernas abertas
em mim, a chama ardendo
isso não é como andar de bicicleta
é melhor, já se nasce sabendo

she invited me, open legs
in me, the burning flame
this is not like biking
it's better, we know as we were born

um dia encontrei Deus
Ele tinha bebido, tava perdido
me perguntou onde Ele estava
e eu lhe respondi: no lugar que merece

once I met God
He had been drinking
Got lost
Asked me where He was
And I replied: where You deserve

seu corpo
é o único argumento
que não sei
refutar

your body
is the only argumentation
I really don't know
how to refute

Inimigos:
saio
amigos:
entro
em você:
entro e
saio

enemies:
I leave
friends:
I come in
in you
in and out

ao vencedor,
as baratas
ao perdedor,
as batatas
vencer é solitário
demais

to the winner
the roaches
to the loser
the potatoes
winning is too much
solitaire

seus olhos
são meu livro de cabeceira

your eyes
are my consulting book

queria poder furar a fila,
rumo à morte,
onde estão meu pai e
minha mãe

I'd like to advance in the line
towards death
where my father is and
my mother too

quando li as mortes
de Tanussi Cardoso
morri pela milésima vez
é verdade, nessa vida morre-se demais
mas a minha última morte
foi quando ela pediu
pra eu ir embora
nada é pior
do que um velório em que
o próprio morto separa
as suas coisas para ir embora:
roupas, livros, discos, fotos, trecos
ops! isso aqui é seu ou é meu...?
adeus

when I read 'as mortes'
by Tanussi Cardoso
I died for the thousandth time
it's true, we die a lot within this life
but in my latest death
she asked me to leave
nothing is worse
than a funeral in which
dead themselves organize
their things to go away
clothes, books, CDs, pictures, stuff
ops! is this mine or yours...?
farewell

todo homem é um pouco Beatriz,
toda mulher é um pouco Dante
purgatório?
inferno?
ou paraíso?
nada mais será como antes

every man is a little Beatrice
every woman is a little Dante
purgatory?
hell?
Or heaven?
nothing will be like before

lâminas refletindo o sol do meio dia
sonhos vermelhos, coagulando
para onde vão todos esses gritos
depois daqui?
qual será o tamanho da dor
desse homem que rola na calçada?
para onde foi o outro?
de quem ele foge?
um nome de mulher salta da multidão
34. o que ele realmente quis dizer com esse número?
parece esforço demais para um homem tão magro
a força extra?
o desejo roubado?
seu mundo invadido?
não quero mais ver isso
abro os olhos
melhor seria, se fosse um pesadelo,
mas são lembranças piscando
numa noite que nunca acaba

blades reflecting the midday sun
red dreams, clotting
then, afterwards where are those
cries going to?
how deep will
this fallen man's pain be?
where did the other one go?
who's making him run away?
a woman's name comes out among the crowd
34. what did he mean by saying this number?
it seems to be so hard for such a thin man
an extra force?
a stolen desire?
his world invaded?
I don't want to see this anymore
I open my eyes
better if it were a nightmare
but they are blinking memories
within a neverending story

ando com o coração em apuros.
o amor que um dia me olhou de frente,
hoje, só de perfil.
a dor morde minha alma como milhões
de bocas famintas e incansáveis.
ando com medo até dos néons.
as noites me pregam peças e
os dias são a própria indecência do existir.
isso não é um poema é uma vida, a minha.
há sangue nas entrelinhas.
ela está distante como uma estrada por ser construída.
está cercada de incertezas por todos os lados
o que é isso em seus olhos, um epitáfio?
a perda, me diga, aonde ela faz a última curva?
me diga também se adianta riscá-la do dicionário
o amor que um dia me pegou pelos calcanhares e
me levou a mundos invisíveis, cadê?
sou o seu assassino?
ou ele ainda está vivo? quem saberá me dizer ao certo?
sim, andei regando, mas só colhi despenhadeiros.
em minha boca, gosto de terra e sangue
no peito, um passado escrito com um tridente em brasa.
a palavra fim me acena na plataforma
aos poucos vai se tornando mais nítida
quase já posso descrevê-la para um desenhista
vem em minha direção,
ansiosa, se prepara para o abraço de boas-vindas

I've been with my heart in need
the love that faced me,
today, just oversees me.
pain bites my soul like millions
of starving and insisting mouths.
I've been afraid even of neon lights.
nights have been playing tricks and
the days themselves are the indecent of existing.
this is not a life's poem, mine.
there's blood between the lines.
it's as distant as a road to be built.
it's surrounded by doubts all around
what's in your eyes, an epitaph?
the loss, tell me, where is its last turn?
also, tell me if it's possible to erase it on the dictionary
the love that held my heels and
took me to invisible worlds, where is it?
am I its murderer?
or is it still alive? who could say it right?
yes, I've been watering, but been harvesting abysses
in my mouth, a taste of soil and blood
on my chest, a past written with a flaming trident.
the word end waves on the platform
becoming clear slowly
I can almost describe it to a designer
it comes into me
anxiously preparing its welcoming hug

origem:
pode-se rabiscar
infinitamente o papel,
mas nada mudará o primeiro ponto
ponto final.

origin:
you may scribble
a paper endlessly
but nothing will change the first point
full stop.

a dor pousa sobre todos
e suas asas são negras
e suas garras são firmes
ela está sobre uma mulher que caminha à deriva
não há abraços e não há sorrisos em sua chegada
outra mulher chora silenciosamente
mesmo que seu homem a console
só ela pode tocar a sua dor
só ela pode vê-la voando num céu cinzento e
bradando todo o seu sarcasmo
há confusões demais
há conflitos demais
e ninguém nunca sabe quando, onde ou em quem
a dor vai pousar novamente quando se
cansar do seu voo frio e solitário.

pain lands on everyone
and its wings are black
and its claws are firm
it's over a woman who walks nowhere
no hugs and no smiles in its arrival
another woman weeps silently
even if her man provides her consolation
she's the only one who can touch her pain
she's the only one who can see it through a gray sky
screaming its sarcasm
there are too much confusion
too many conflicts
and nobody knows when, where or who
will be touched by pain as it
gets tired of its lonely and cold flight

a solidão de um pai
não está na ausência do filho após
o seu enterro
mas na impossibilidade de lhe agasalhar e
dar-lhe o beijo de boa noite.

a father's solitude
is not in the absence of a son
after his funeral
but remains in the impossibility of
holding him and kiss him good night.

FIM

END

muitas coisas acontecem depois dele

many things might happen afterwards

Agradecimentos:
Fabrício Carpinejar, Marília de Lima,
Djami Sezostre, Sérgio Ivanchuk.

Este livro foi impresso em tipos AgaramondPro e Bodoni MT condensed sobre polen 80g em setembro de 2019 pela Kotter Editorial.